山海經數字幻旅 6

常羲浴月

在成長數字教育開發團隊 編繪

全書錄音

中華教育

隨着太陽漸漸隱沒在西方的羣山之中，夜幕悄然降臨了。靈賢和靈盼此時正在漆吳山收集石頭，靈盼抬起頭，看了看黑漆漆的天空，對靈賢說：「天黑啦，我們快找個地方休息一下吧。」

靈賢點點頭。乘黃歡快地叫了一聲，載着他們在夜空中飛行。可剛飛至半空，他們便聽到一陣亂糟糟的說話聲，還夾雜着「嘩啦啦」的水聲，隱隱約約能聽見「快找」、「在哪裏」之類的聲音。

「那邊好像發生了甚麼事情，我們過去看看吧。」

靈賢和靈盼順着聲音的方向飛去，來到了一處神祕又夢幻的水域，水中浮着十一個圓圓的月亮！這些月亮身上濕漉漉的，泛着銀色的光。他們在水裏急得直打轉，把水面濺起一朵朵小水花，還你一言我一語地說着話。

靈賢靈盼好奇地湊過去問：「你們看起來如此焦急，發生甚麼事啦？」

這時候，一位温柔的女子歎了口氣，說：「我是月亮女神常羲，十二個月亮都是我的孩子。每天晚上，我都會駕着馬車伴送一個月亮去天上值守，每個月亮值守一個月，十二個月亮輪流當值，剛好就是一年。現在輪到花月去天上值守，可她卻不見了！我們怎麼找都找不到她。」

靈賢和靈盼連忙安慰常羲：「別着急，我們也一起幫忙找花月！」

靈賢和靈盼騎着乘黃，開始漫山遍野地尋找月亮。路過一棵三株樹時，他們看到樹上有個影影綽綽、鬼鬼祟祟的身影。走近一瞧，竟然是一個穿着衣裳的月亮！因為衣服上暗紋的遮蔽，她看起來彎彎的，像眉毛一樣。

「花月？」靈賢不確定地喊了一聲，緊接着問：「你摘三株樹的葉子是要做甚麼呀？」

花月聽到有人叫自己，興奮地回道：「你認識我！快過來幫我摘葉子，我想變得像太陽一樣亮堂堂的。人類看到我這麼亮，一定很開心！」

靈賢和靈盼趕忙召來玄鳥，請牠把找到花月的消息告訴常羲。他們自己則幫花月摘了好多好多三株樹的葉子，還把葉子裝點在花月的頭上。

花月戴着滿是發光葉子的頭環，興高采烈地向天上飛去。可她覺得自己還是不夠亮，又讓靈賢和靈盼從天上抓來許多亮閃閃的星星，讓它們圍在自己身邊，接着又把遮蔽自己的雲朵向旁邊推去，這樣光芒就能完全散發出來啦。

此時有兩個晚回家的村民路過，他們一邊走一邊聊天。突然，其中一個人說：「誒，你有沒有發現月亮好像變亮了一點？」另一個村民回答：「好像是亮了不少，但是感覺月亮太亮了，我晚上會睡不着啊。」

花月聽到他們的話，心裏有些疑惑和失落：「我以為變亮就能像太陽一樣幫助到人類，可大家晚上都要睡覺，好像確實不需要這麼亮的月亮。」

靈盼溫柔地安慰花月：「想要幫助人類，不一定要變得和太陽一樣哦，每個人都有自己獨特的地方！」

靈賢也說：「對呀，太陽可以照亮大地，温暖人間，月亮肯定也有着獨特的作用！」花月聽了很快就振作起來，還和靈賢靈盼約定，明天晚上再來這裏會合。

第二天晚上，花月一看到靈賢和靈盼，就迫不及待地和他們分享自己的新想法：「太陽雖亮，但人們不能長久地直視太陽。月亮雖暗，但人們卻能一直觀賞銀色的月光。所以何不讓人類欣賞月色，陶冶情操？」

緊接着，她告訴靈賢、靈盼：「你們去榣山，幫我把太子長琴請來。他演奏的曲子十分動聽，肯定能為今晚的賞月計劃增添氛圍！！」

於是，靈賢和靈盼奔赴榣山，幫花月請來了祝融的兒子太子長琴。

太子長琴穿着飄逸的長袍，懷抱古琴，在月光下彈奏起美妙的樂曲。鸞鳥和鳳凰隨着音樂在月光下翩翩起舞，和美麗的月色映襯在一起，一切都美好極了。

聽到琴聲，好多人走出家門。他們聚集在月光下，一邊欣賞着美麗的月色，一邊聽着悠揚的琴聲，感受這美麗又寧靜的夜晚。

有人喝着小酒感歎道：「這銀白色的月光與這夜色真是相得益彰，這琴聲也好聽。」
另一個人附和說：「是啊，以前怎麼沒注意到月亮這麼漂亮。」

旁邊一人聽到了，哈哈大笑：「你一到晚上就呼呼大睡了，哪還有心思看月亮啊。」

對面的人臉一下子紅了：「這……我……大家晚上不都是要睡覺的嘛。再說了，偶爾賞賞月還可以，誰會天天盯着月亮看啊？要不是這琴聲實在優美，我也沒甚麼心思賞月。」

花月聽到大家的話，高興地說：「成功啦，大家果然感受到月亮的美麗了！」

到了第三個晚上，太子長琴有事不能來。而花月還是準時出現在天上，靈賢和靈盼也飛上天去陪伴着她。他們注意到花月今天換了一件衣裳，看起來似乎比之前要胖了一些。

沒有了琴聲，今晚都沒有人出來賞月了，大家又恢復了往常的樣子。這讓花月有些氣餒，連自己被雲朵遮住了都沒有察覺。靈賢和靈盼也皺起了眉頭。他們挨在一塊，絞盡腦汁地想着辦法。

在人間，有兩個小孩在房屋門前的大樹上玩耍。

一個小孩指着天空說：「彎彎的，像小船一樣的月亮去哪啦？是不是被雲朵遮住了？」

另一個小孩有些驚訝：「月亮怎麼會是彎彎的？月亮明明是圓圓的，就像一張圓圓的餅！」

「就是彎的，我看到的月亮就是彎的！」小孩子不服氣，還把自己見到的月亮畫在了一塊大石板上。

「圓的！月亮一定是圓的！我看到的月亮就是圓的！」另一個小孩也把自己看到的月亮刻在了石板上。

兩個小孩爭論不休，越來越多的人被他們的爭論所吸引，並且加入了進來。大家分成了兩撥，一撥人認為月亮是圓的，另一撥人認為月亮是彎的，雙方各執一詞，吵得不可開交。

這時，一陣微風吹過，把烏雲吹散了，月亮的樣子露了出來。大家驚奇地發現，今天的月亮竟然是橢圓形的，像個紡錘，和大家剛剛說的都不一樣！

人羣一下子安靜了下來，大家你看看我，我看看你，都不說話。有人忍不住發出疑問：「難道月亮會變樣子？那月亮到底是甚麼樣子的呢？」

一位老者站了出來，說道：「既然大家都有疑問，不如我們把每天看到的月亮都畫下來，這樣就能知道月亮到底是甚麼樣的了。」

大家一聽，都覺得這是個好辦法，於是決定把每天看到的月亮按順序畫在石板上。

天上的花月看着人們在爭論，突然開心起來。人類居然注意到了自己的變化，還要每天都觀察自己，把自己畫下來呢！

從那以後，花月每天都早早地「上班」，靈賢和靈盼也會幫她把雲朵趕走，讓人們能夠更清楚地觀察月亮。

人們就這樣一天天地觀察並記錄着月亮。直到第四十天，畫月亮的人突然發現，從第三十一天開始，後面畫的月亮居然和最開始幾天畫的一模一樣。他趕緊把大家都叫出來看。

第一天畫出來的月亮是彎彎細細的，之後的每一天月亮都變得越來越「胖」。到了第十五天，月亮變得圓滾滾的，然後又越來越「瘦」，最後又變成彎彎細細的。從第三十一天開始，月亮居然又和第一天畫的一樣了，原來這是一個輪迴啊！

大家看到後，都笑着說：「哈哈，難怪我們看到的月亮不一樣，大家都沒說錯！」

人們把月亮的變化告訴了更多的人，一傳十，十傳百，消息很快便傳開了，越來越多的人了解到了月亮的變化。大家還為不同形態的月亮取了名字：彎彎像眉毛的叫蛾眉月，半圓像弓的叫弦月，圓圓的就叫滿月……

有個名叫噎鳴的人對月亮的變化十分着迷，每天晚上都會認真觀察月亮。

通過每一天不間斷的觀察和記錄，他總結出了月亮變化的規律，還把月亮從虧到盈，又從盈到虧的一個完整週期定為一個月。

就這樣，他制定了一種曆法——陰曆，規定一年有十二個月，每個月大致有三十天。有了陰曆，人們便能清楚地記錄和掌握時間變化。

隨着陰曆在九州大地風靡，人們開始用陰曆指導生活。

每個月的初一是新月，看不見月亮，所以不宜出門，不宜勞作；每個月的十五是滿月，是一個月中月亮最大、最圓、最亮的一天，人們認為這一天會受到月亮女神的祝福，所以會在這一天祈福、祭祀……

從那以後，月亮和人類的生活變得密不可分。

就這樣，一月又一月，月亮每天晚上都會從東方升空，用它溫柔的月光照亮夜路，用它的變化為人類提供生活的指引。

動力種子

Magic Bean

沉浸閱讀

多元化內容

主題涵蓋中國傳統文化、歷史、個人成長，內容應有盡有

配音隨時聆聽

配有普通話配音，隨時想聽就聽

實體書

電子版

精美圖畫細節滿滿

電子版獨有更寬、更大構圖，呈現更多細節

一個為兒童創作繪本，提供繪本閱讀和創作功能的電子平台。每年更新大量優質繪本，提供有趣的繪本互動功能，更具備獨創繪本「創讀」工具，讓兒童隨時閱讀、隨時創作，激發兒童的閱讀興趣和創造能力。

任意拖動人物互動

豐富閱讀體驗，
讓孩子養成閱讀習慣！

發揮創意

改編、創作兩大模式

配音功能

故事人物個性配音，發掘聲音演繹天賦

創作功能

天馬行空隨意畫，激發孩子想像力

發揮孩子奇思妙想，
深入創造人物，改編精彩故事！

書友交流

分享討論繪本心得

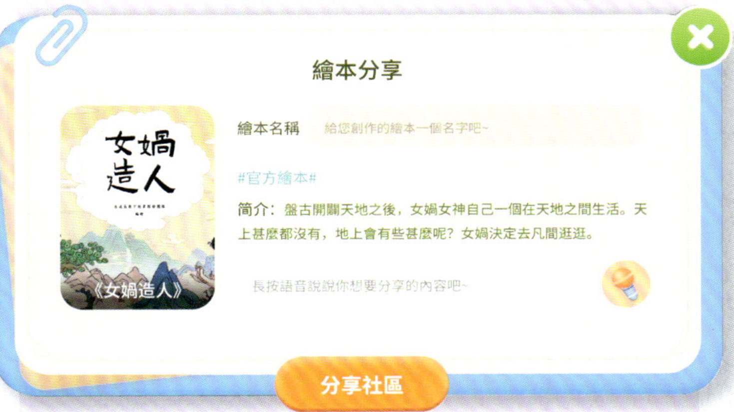

查看好友閱讀動態

分享閱讀樂趣，
知己共同創讀！

掃碼下載試用，了解更多！

山海經數字幻旅 6

常羲浴月

在成長數字教育開發團隊　　編繪

總策劃　楊江波　周建華
教育顧問　謝錫金　沈雪明
文案設計　王思琪　吳　非　張如婷　李曼琳
插畫設計　王　倩　劉　瑩　顧啟航
配樂創作　楊若辰
技術開發　臧明正　馬一凱　張軍成　劉　爽　祁自豪
地圖繪製　張相偉

責任編輯：潘沛雯
裝幀設計：在成長數字教育開發團隊
排　　版：在成長數字教育開發團隊
印　　務：劉漢舉

出版｜中華教育
香港北角英皇道499號北角工業大廈1樓B
電話：(852) 2137 2338 傳真：(852) 2713 8202
電子郵件：info@chunghwabook.com.hk
網址：http://www.chunghwabook.com.hk

發行｜香港聯合書刊物流有限公司
香港新界荃灣德士古道220-248號 荃灣工業中心16樓
電話：（852）2150 2100　傳真：（852）2407 3062
電子郵件：info@suplogistics.com.hk

版次｜2025年7月第1版第1次印刷
©2025 中華教育
規格｜16開（244mm x 215mm）

ISBN｜978-988-8914-30-2